까치호랑이는 겨레의 삶과 꿈이 녹아 있는 옛이야기 그림책입니다. 우리 어린이들에게 옛이야기의 참 맛을
웅글게 전하기 위해 구수한 입말과 개성 넘치는 그림으로 정성껏 꾸몄습니다.

글쓴이 조대인은 서울교육대학을 졸업하였고, 어린이도서연구회 회원으로 활동하면서 글을 쓰기 시작했습니다.
지금은 초등학교에서 어린이들을 가르치며 어린이를 위한 글을 씁니다. 작품으로 그림책《땅속 나라 도둑 괴물》,
동화책《버드내 아이들》,《삼재골의 웃음소리》들이 있으며, 1992년 동화《밤길》로 대교아동문학상을 받았습니다.

그린이 최숙희는 서울대학교에서 시각디자인을 공부하였고, 지금은 어린이책에 그림을 그립니다. 깔끔하고 세련되며
완성도 높은 그림이 특징입니다. 그림책《세상을 담은 그림, 지도》,《엄마 엄마, 이야기해 주세요》,《빨간 모자》들에
그림을 그렸으며,《열두 띠 동물 까꿍 놀이》,《열두 띠 동물 둘이서 까꿍》,《누구 그림자일까?》들에 글을 쓰고 그림을
그렸습니다.

까치호랑이 15
팥죽 할머니와 호랑이
글 ⓒ 조대인 1997, 그림 ⓒ 최숙희 1997

1판 1쇄 발행 1997년 6월 20일 | 1판 26쇄 발행 2006년 10월 30일 | 2판 8쇄 발행 2009년 1월 30일
글쓴이 조대인 | 그린이 최숙희 | 펴낸이 권종택 | 펴낸곳 ㈜보림출판사 | 출판등록 제406-2003-049호
주소 413-756 경기도 파주시 교하읍 문발리 출판문화정보산업단지 515-2
전화 031-955-3456 | 전송 031-955-3500 | 홈페이지 www.borimpress.com
ISBN 978-89-433-0259-7 77810 ISBN 978-89-433-0251-1(세트)

팥죽 할머니와 호랑이

조대인 글 | 최숙희 그림

보림

옛날 옛날 깊은 산속에 꼬부랑 할머니가 살았어요.

어느 여름날, 할머니는 팥밭을 맸어요.
팥밭 한 고랑을 매고는 "애고, 힘들어."
팥밭 두 고랑을 매고는 "애고, 애고, 힘들어."
팥밭 세 고랑을 매고는 "애고, 애고, 애고, 힘들어."

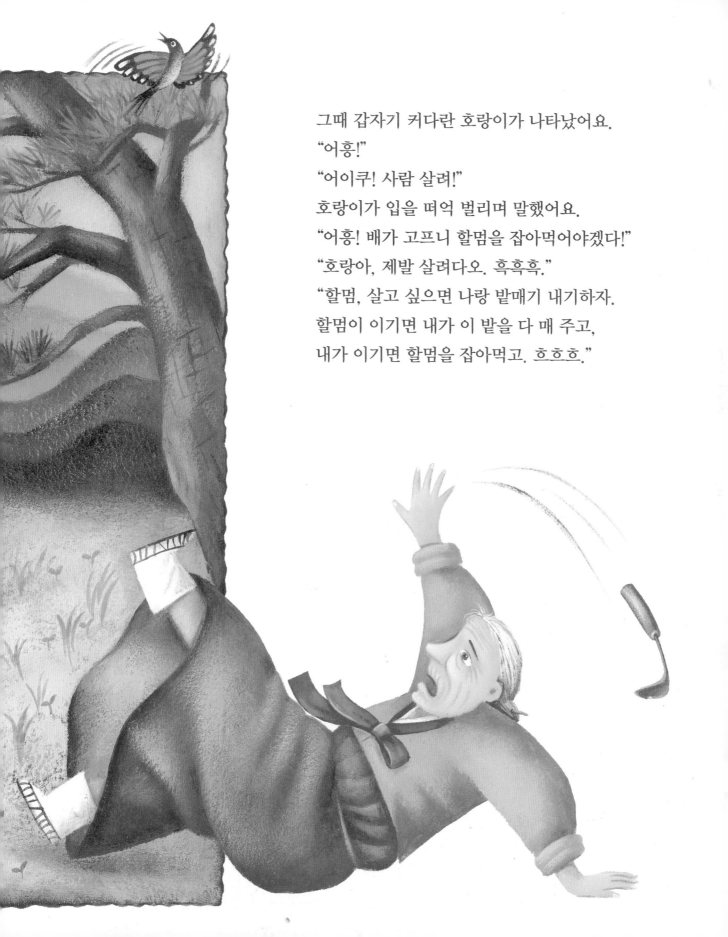

그때 갑자기 커다란 호랑이가 나타났어요.
"어흥!"
"어이쿠! 사람 살려!"
호랑이가 입을 떠억 벌리며 말했어요.
"어흥! 배가 고프니 할멈을 잡아먹어야겠다!"
"호랑아, 제발 살려다오. 흑흑흑."
"할멈, 살고 싶으면 나랑 밭매기 내기하자.
할멈이 이기면 내가 이 밭을 다 매 주고,
내가 이기면 할멈을 잡아먹고. 흐흐흐."

할머니는 할 수 없이 호랑이와
밭매기 내기를 했어요.

할머니가 풀 한 포기를 뽑는 동안,
호랑이는 팥밭 한 고랑을 뚝딱 다 맸어요.

할머니가 풀 두 포기를 뽑는 동안,
호랑이는 팥밭 두 고랑을 뚝딱 다 맸어요.

할머니가 풀 세 포기를 뽑는 동안,
호랑이는 팥밭 세 고랑을 뚝딱 다 맸어요.

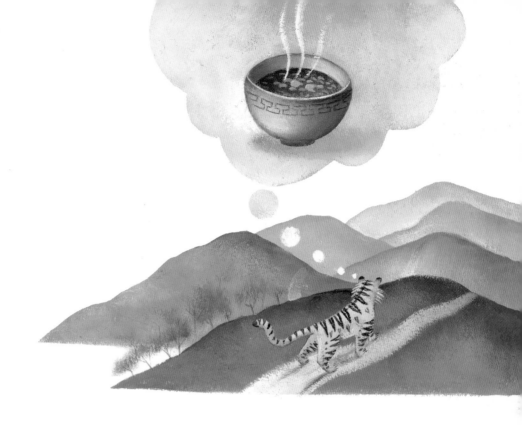

호랑이는 내기에 이기자 할머니에게
와락 달려들었어요.
"어흥! 이제 잡아먹어야겠다!"
할머니가 벌벌 떨며 말했어요.
"호랑아, 호랑아, 이렇게 팥을 많이 심었는데
내가 없으면 누가 이 팥을 가꾸겠냐?
이 팥을 잘 가꾸어서 가을이 되면 맛있는
팥죽을 쑤어 주마. 그때 가서 날 잡아먹으렴."
"맛있는 팥죽을 해 준다고?
좋아, 그럼 그때 가서 잡아먹지."
호랑이는 산속으로 사라졌어요.

가을이 왔어요.
할머니는 여름 내내 가꾼 팥을 거두었어요.

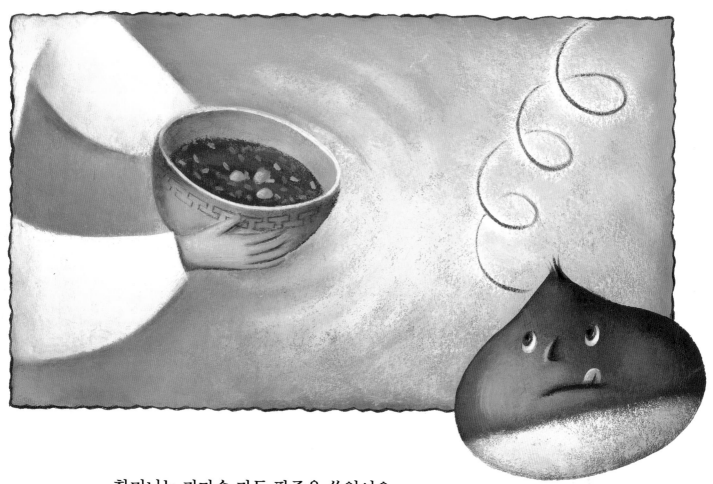

할머니는 가마솥 가득 팥죽을 쑤었어요.
팥죽을 쑤어 놓고 보니,
호랑이가 잡아먹으러 온다는 생각이 났어요.
할머니는 너무 슬퍼서 엉엉 울었어요.

그때 알밤이 대굴대굴 굴러 왔어요.
"할머니, 할머니, 왜 울어요?"
"오늘 저녁에 호랑이가 날 잡아먹으러 온다고 해서 운다."
"팥죽 한 그릇 주면 못 잡아먹게 하–지."
할머니는 알밤에게 팥죽을 한 그릇 주었어요.
알밤은 팥죽을 먹고 나서 아궁이 속에 숨었어요.

할머니가 또 엉엉 우는데,
자라가 찰박찰박 기어 왔어요.
개똥이 철떡철떡 다가왔어요.
송곳이 콩콩콩콩 튀어 왔어요.

"할머니, 할머니, 왜 울어요?"
"오늘 저녁에 호랑이가 날 잡아먹으러 온다고 해서 운다."
"팥죽 한 그릇 주면 못 잡아먹게 하ー지."
할머니는 팥죽을 듬뿍 주었어요.

자라는 팥죽을 먹고 나서 물독 속에 숨었어요.
개똥은 팥죽을 먹고 나서 부엌 바닥에 엎드렸어요.
송곳은 팥죽을 먹고 나서 부엌 바닥에 꼿꼿이 섰어요.

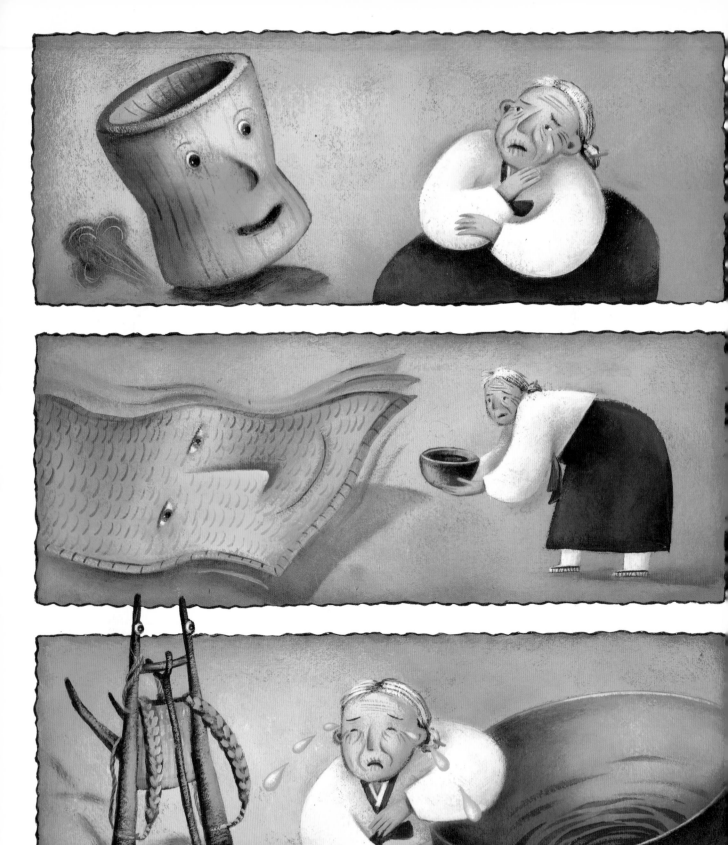

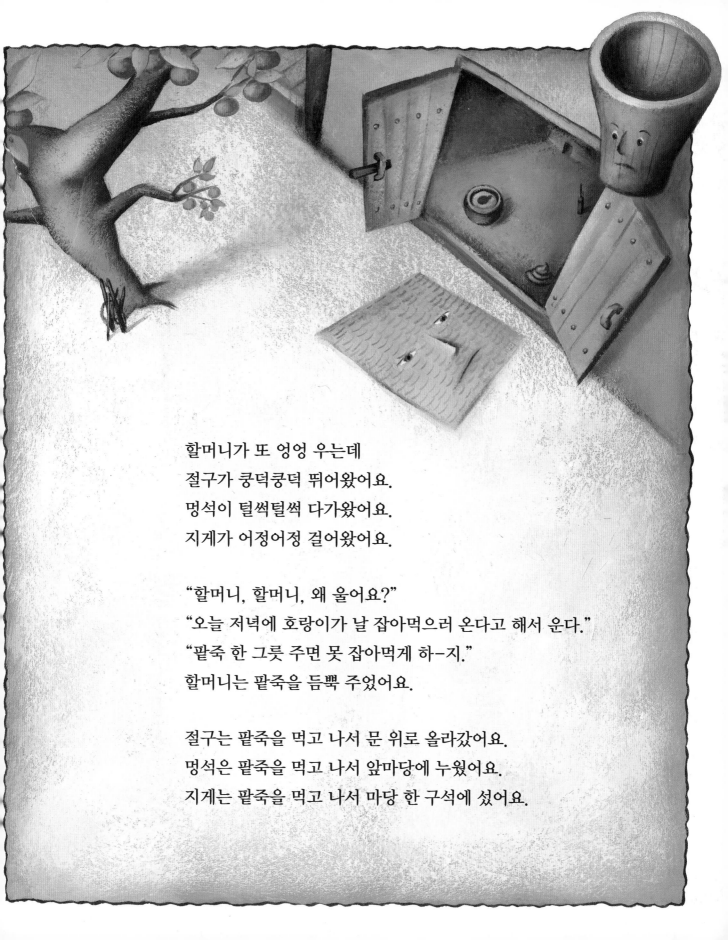

할머니가 또 엉엉 우는데
절구가 쿵덕쿵덕 뛰어왔어요.
멍석이 털썩털썩 다가왔어요.
지게가 어정어정 걸어왔어요.

"할머니, 할머니, 왜 울어요?"
"오늘 저녁에 호랑이가 날 잡아먹으러 온다고 해서 운다."
"팥죽 한 그릇 주면 못 잡아먹게 하-지."
할머니는 팥죽을 듬뿍 주었어요.

절구는 팥죽을 먹고 나서 문 위로 올라갔어요.
멍석은 팥죽을 먹고 나서 앞마당에 누웠어요.
지게는 팥죽을 먹고 나서 마당 한 구석에 섰어요.

날이 어두워졌어요. 할머니는 불을 끄고 방 안에서 슬프게 울었어요.
이윽고 호랑이가 할머니를 잡아먹으러 어슬렁어슬렁 나타났어요.

호랑이는 방 안이 캄캄하자 할머니를 불렀어요.
"할멈, 할멈, 어두우니까 불을 켜야지?"
"부엌 아궁이에 불씨가 있으니 가져오너라."
호랑이는 부엌으로 갔어요.

호랑이는 불씨를 찾으려고 아궁이를 들여다보았어요.
그때 알밤이 톡 튀어나와 호랑이 눈알을 딱 때렸어요.
"앗, 따가워!"
호랑이는 눈에 재가 들어가서 눈을 씻으려고
물독에 손을 넣었어요. 그러자 물독에 있던 자라가,

호랑이 손을 콱 깨물었어요.
"으악!" 호랑이는 너무 아파서 뒤로 펄쩍 뛰다가,

바닥에 있던 개똥을 밟았어요. 호랑이는 쭈르르
미끄러졌어요. 그러자 바닥에 꼿꼿이 서 있던 송곳이,

호랑이 엉덩이를 푹 찔렀어요.
"꽥!"
호랑이는 깜짝 놀라 소리를 지르며
밖으로 뛰어나갔어요.
그런데 부엌문을 나서자마자,

절구가 떨어지며
호랑이 머리를 쿵 쳤어요.
호랑이는 앞마당에 펼쳐진
멍석 위에 털썩 쓰러졌어요.
멍석은 호랑이를 뚜르르 말아
꼼짝 못하게 했어요.

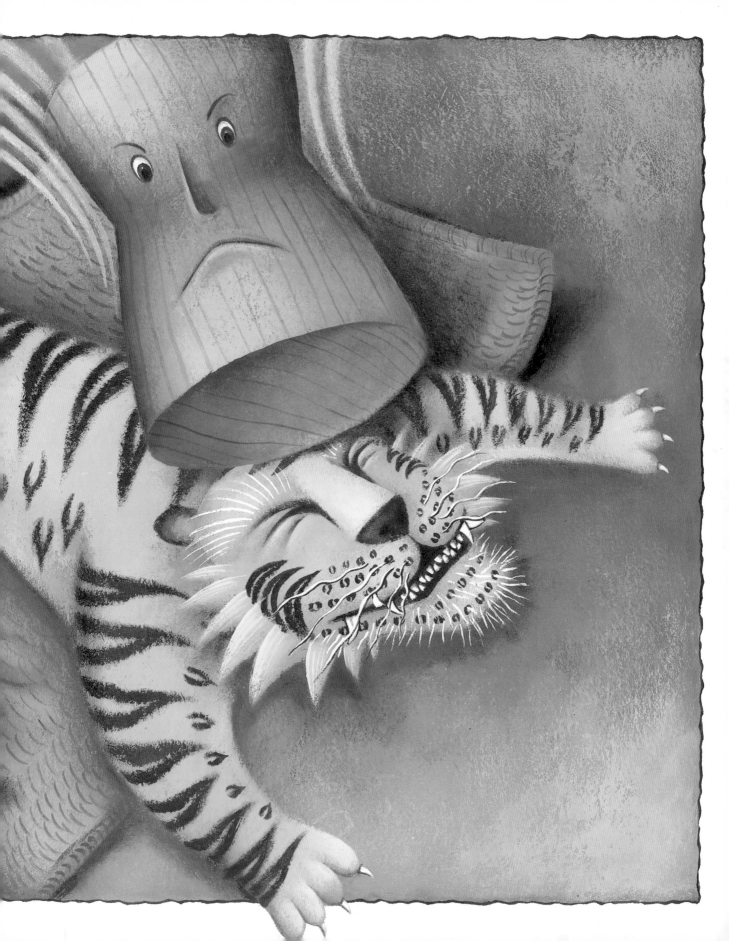

지게는 멍석을 지고 한강으로 갔어요.
지게와 멍석은 호랑이를 한강에다 풍덩 빠뜨렸어요.

이렇게 해서 할머니는 호랑이한테 잡아먹히지 않았답니다.